瑞蘭國際

瑞蘭國際

瑞蘭國際

瑞蘭國際

gelato　pizza
espresso　gondola
Buongiorno!

蜘蛛網式學習法

12小時義大利語
發音、單字、會話
一次搞定！

Giancarlo Zecchino（江書宏）著
繽紛外語編輯小組　總策劃

義大利語原來那麼簡單！

　　學習外語時第一個要掌握的是發音，再來學習越多越好的詞彙，然後熟悉基本的文法規則以及習得如何把詞彙適當地放進文法結構裡。外語教學學者把該學習法叫做「蜘蛛網式學習法」，即從最簡單的語言成分擴展到複雜的語言結構。這本書的 PART00 會幫助你既快速又輕易地熟悉義大利語發音，說出很標準的義大利語。

　　發音規則學好了，下一步就是擴大詞彙量。在 PART01 我挑選了日常生活常用的詞彙，以便學生學以致用。每一個詞都有例句，幫助學生弄懂怎麼應用。例句都非常口語，且貼近日常生活，這樣可以一邊學習詞彙一邊熟悉義大利人的說話方式，習得自然語言。最後在 PART02 我把這些生詞放進十五個情境會話裡，而且每個會話還會列出更多相關的詞彙可以替換，讓學習者輕易地擴大詞匯量。我非常確定，這本書讀完了之後，你也會說「義大利語原來那麼簡單！」

　　本書的另一個非常重要的特色是錄音檔。為了學會外語，很多人以為要多說才對，不過很多外語教學的研究都顯示這個想法不完全正確。對已經學到中高級程度的學習者來說，想要進步的

話當然需要多説跟寫，但是初級學生最需要的反而是練習聽力，因為要有輸入才能有輸出。多聽才能夠熟悉發音和語調，而發音學會了，才能夠説出自然的語言。畢竟學外語不僅是要運用外語説話，還包括進行有意義的交流。若要做到這一點，培養良好的聽力就是必要的條件，而且聽力很好的學生還可以一直不斷地擴大詞匯量以及強化記憶。由此可知，學外語不是用看的而是用聽的，因此，請你善用附件的光碟。

最後想要傳達的觀念是，學習外語不要給自己太大的壓力，焦慮會阻礙進步和學會外語所能帶來的成就感。也許你在看這本書的 PART00 發音規則或聽 PART02 的會話會遇到一些看或聽不太懂的地方，但是請你放輕鬆，對不懂的點培養優良的容忍度。語言就好像米開朗基羅的作品，當你進去西斯廷教堂往上觀看米開朗基羅的壁畫時，無法用肉眼一眼就把它全部看透了以及記得所有的細節。同樣地，外語是個又漂亮又複雜的壁畫，細節實在太多了，要把全部記住需要不斷地欣賞。若這個壁畫的某個細節目前不太清楚，絕對不要讓它妨礙你繼續觀察，畢竟那個細節只是美麗壁畫的一個超級小的部分而已，日後一定會自然而然地弄懂！學語言要記住這個原則：先求有，再求好！

我跟我學生常常説學習外語好像學走路一樣，前幾步一般來説都比較難，不過學會了之後就可以走到令人驚歎的美好景點。就讓這一本書變成你這精彩旅行的第一個旅伴吧！

Giancarlo Zecchino

（江書宏）

6 個好理由學習義大利語

1. 若想參加旅行團到義大利走一走，一定要學會一點義大利語，因為大部分義大利人不講英語。如果想在義大利自助旅行更應該學！學會了基本的義大利語，才能接觸到當地人，讓旅遊變成難忘又有意義的經驗。

2. 若你在學習音樂，就要學會一點義大利語，因為音樂的很多專用語是用義大利語，而且唱歌劇不會義大利語就不行！

3. 若想唸設計，就要學會一點義大利語，因為最有名的室內、工業、服裝和髮型設計師都在義大利。事實上世界上最帥的跑車和具有質感的衣服都是由義大利著名設計師設計的！像是 Ferrari、Lamborghini、Maserati、Ducati、Armani、Gucci、D&G、Prada、Ferragamo、TODS 等名牌都是來自義大利。

4. 若喜歡歷史和藝術，就要學習一點義大利語，因為世界上人類遺產最多的地方就是義大利！米開朗基羅、達文西和拉斐爾都是義大利人。

5. 若喜歡美食和美酒，就要學會一點義大利語，因為義大利美食如披薩、千層麵、冰淇淋、提拉米蘇等是世界上最受歡迎的料理之一，如果是想要去義大利上廚藝課的人更應該學！

6. 若想要為了好玩而學外語，一定要學義大利語，因為又好聽又好學！義大利語會讓你接觸到豐富有趣的文化，擴大視野，發現一個新的自己。

如何使用本書

PART 00

用蜘蛛網式核心法，掌握學習義大利語重點

開始吐絲結網，從認識「義大利語字母」、「外來字母」開始，接著是「義大利語發音十大規則」，再到義大利語基本概念的「名詞、形容詞、冠詞的陰陽性與單複數」、「動詞變化」，一步步認識義大利語。

義大利語字母

義大利語字母分為：二十一個傳統義大利語字母、五個外來字母，表格化對照最清楚易懂。

義大利語發音十大規則

清楚地說明義大利語的發音十大規則，輕鬆開口說義大利語。

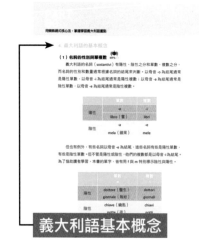

義大利語基本概念

介紹義大利語基本概念的「名詞、形容詞、冠詞的陰陽性與單複數」、「動詞變化」，讓您輕易理解書中提供的例句與會話。

PART 01

用蜘蛛網式連結法，輕鬆學好義大利語語音，串聯單字與例句

POINT！ 進入最主要的義大利語字母學習，除了說明字母的音標外，還標示每一個字母的隸屬音，每個字母皆提供六個單字、六個例句，經由蜘蛛網般的脈絡串聯起來，一線連結一線，結合成綿密的學習網絡。

MP3 序號

配合 MP3 學習，義大利語發音就能更快琅琅上口！

PART
01
用蜘蛛網式連結法，輕鬆學好義大利語語音，串聯單字與例句

MP3-○○

1
義大利語字母

Aa

音標
a

隸屬音
舌面中母音

acqua **f**
水
Io prendo un bicchiere d'acqua, grazie!
我要一杯水，謝謝！

aereo **m**
飛機
Ho paura di prendere l'aereo!
我怕坐飛機！

amico **m**
朋友
Lui è tuo amico?
他是你的朋友嗎？

aiutare
幫助
Mi puoi aiutare per favore?
可以請你幫助我嗎？

albergo **m**
旅館
Questo albergo è in centro!
這家旅館在市中心！

arancia **f**
柳橙
Per me un succo d'arancia!
我要一杯柳橙汁！

032/　　　　　　　　　　　　　　　　　　　　　　　　　　　/033

---

f m 陰陽性

單字特別註明陰陽性之分，讓您能更快熟悉義大利語！

發音說明

搭配音標和隸屬音，輔助發音！

分類學習

義大利語二十六個字母，依照「義大利語字母」、「外來字母」的學習順序！

如何使用本書

生活單字

每學完一個字母,立刻就能
學到六個生活單字,簡單開
口説!

發音説明

搭配音標和隸屬音,
輔助發音!

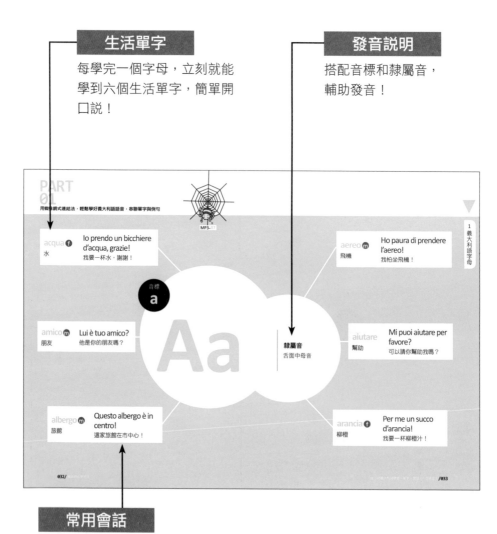

PART
0L
用蜘蛛網式連結法,輕鬆學好義大利語語音,串聯單字與例句

MP3-

acqua **f** 水	Io prendo un bicchiere d'acqua, grazie! 我要一杯水,謝謝!

aereo **m**
飛機

Ho paura di prendere l'aereo!
我怕坐飛機!

音標
a

amico **m**
朋友

Lui è tuo amico?
他是你的朋友嗎?

Aa

隸屬音
舌面中母音

aiutare
幫助

Mi puoi aiutare per favore?
可以請你幫助我嗎?

albergo **m**
旅館

Questo albergo è in centro!
這家旅館在市中心!

arancia **f**
柳橙

Per me un succo d'arancia!
我要一杯柳橙汁!

032/

/033

1
義大利語字母

常用會話

每學完一個義大利語單字,馬上學到一句常用會話,
練習零負擔!

PART 02

用蜘蛛網式擴大法，實用會話現學現說

POINT

　　打好義大利語的單字、句子基礎後，接著擴大延伸學習「實用會話」。特選「打招呼」、「自我介紹」、「採購」、「問路」、「在火車站」、「訂房」、「反應問題」、「在咖啡廳點餐」、「在餐廳訂位」、「在餐廳點菜」、「在藥局」、「在貨幣兌換處」、「在郵局」、「租車」、「與人邀約」十五種情境主題，開口說義大利語一點都不難！

三大單元之後都附有測驗練習，馬上測驗學習成果！

練習題

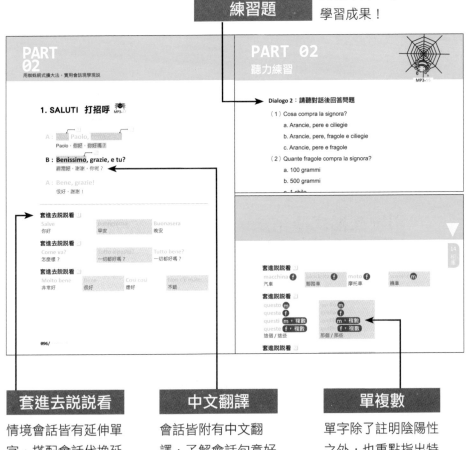

套進去說說看

情境會話皆有延伸單字，搭配會話代換延伸單字，現學現說好實用！

中文翻譯

會話皆附有中文翻譯，了解會話句意好放心！

單複數

單字除了註明陰陽性之外，也重點指出特別的單複數變化，背單字最容易！

PART 00　用蜘蛛網式核心法，掌握學習義大利語重點

PART 01　用蜘蛛網式連結法，輕鬆學好義大利語語音，串聯單字與例句

PART 02 用蜘蛛網式擴大法，實用會話現學現說

附錄

練習題解答

Non ho capito!

沒聽懂！

PART00

用蜘蛛網式核心法，
掌握學習義大利語重點

蜘蛛要開始結網之前，最重要的第一步就是學會吐絲。但是要如何才能學會
吐絲呢？

學習義大利語也是一樣，在開始學習單字、句子及會話之前，首先要先了解
義大利語的發音及規則，並對義大利語的構造有基本的認識。

接下來，本單元將用「蜘蛛網式核心法」讓你抓住學習義大利語的重點，深
入了解「義大利語字母」、「義大利語發音十大規則」、「義大利語怎麼寫
就怎麼唸」、「義大利語的基本概念」等，讓您邁向學習義大利語的第一步！

1. 認識義大利語字母 MP3-01

　　義大利語字母是由五個母音（a、e、i、o、u）與十六個子音（b、c、d、f、g、h、l、m、n、p、q、r、s、t、v、z）組成的，總共二十一個字母，再加上五個外來字母（j、k、w、x、y）。

義大利語字母

印刷體		名稱	音標
A	a	a	/a/
B	b	bi	/b/
C	c	ci	/k/ 或 /tʃ/
D	d	di	/d/
E	e	e	/ɛ/ 或 /e/
F	f	effe	/f/
G	g	gi	/g/ 或 /dʒ/
H	h	acca	無
I	i	i	/i/
L	l	elle	/l/
M	m	emme	/m/
N	n	enne	/n/
O	o	o	/ɔ/ 或 /o/

P	p	pi	/p/
Q	q	cu	/k/
R	r	erre	/r/
S	s	esse	/s/ 或 /z/
T	t	ti	/t/
U	u	u	/u/
V	v	vi	/v/
Z	z	zeta	/ts/ 或 /dz/
J	j	i lunga	/dʒ/
K	k	cappa	/k/
W	w	doppia vu	/w/
X	x	ics	/ks/
Y	y	ipsilon / i greca	/j/

2. 義大利語怎麼寫就怎麼唸

　　學習外語時遇到的第一個障礙是發音。因此，每次開新的課程，我喜歡讓學生意識到其實義大利語的發音最好學。所以，我撥出第一節課的時間，來證實我並非言過其實！而為了證明義大利語的發音對中文母語者來說是最容易學的，我使用兩個方法：一、對照義大利語與英語和法語的發音，二、對照義大利語和中文的子音系統。

　　英語系統的發音雖然不難發，可是因為發音系統沒有固定的規則，所以很容易會造成學習者的困擾。例如，母音 a 可以唸 /ɑ/（car [kɑr]）、/ɔ/（tall [tɔl]）、/æ/（band [bænd]）、/e/（base [bes]）等。結果，學習者不知道什麼時候要唸 /ɑ/ 或 /ɔ/ 或 /æ/ 或 /e/，因此只好把每個詞的發音獨立死背，無限增加學習負擔。與英語不同，義大利語母音 a 只唸 /a/ 那麼簡單！另外，法語與英語又不同，法語的發音系統有非常明確的規則，可惜因為規則非常多，反而大大增加學習者的學習負擔。例如，ai 和 ei 要發 /ɛ/、ou 要發 /u/、au 和 eau 要發 /o/、eu 和 oeu 要發 /ø/、oy 要發 /waʒ/、oi 要發 /wa/……等。不僅母音很多，而且寫跟說的差距也很大。相反的，義大利語的語音不但好發，發音規則又不多。事實上，義大利語可以說怎麼寫就怎麼唸（請看「義大利語字母──音標對照表」），並且發音規則只有幾個，非常容易背起來！

義大利語字母──音標對照表

母音		子音一字母一音		子音一字母兩音		子音複合子音	
字母	音標	字母	音標	字母	音標	字母	音標
a	/a/	p	/p/	c	/k/	cq	/k/
e	/ɛ/	b	/b/		/tʃ/	sc	/ʃ/
	/e/	t	/t/	g	/g/	gn	/ɲ/
i	/i/	d	/d/		/dʒ/	gl	/ʎ/
o	/o/	f	/f/	s	/s/		
	/ɔ/	v	/v/		/z/		
u	/u/	l	/l/	z	/ts/		
		m	/m/		/dz/		
		n	/n/				
		q	/k/				
		r	/r/				

　　而從「中義子音系統對照表」，則能看出義大利語和中文的子音裡最大的差異在於「義大利語分清音與濁音，中文則分送氣與不送氣」。而且很容易可以看出只有幾個音標是中文母語者所不熟悉的，即 /v/、/s/、/z/、/ʒ/、/ʃ/、/ts/、/dz/、/tʃ/、/dʒ/、/ɲ/、/ʎ/、/j/、/w/，但是這些都對中文母語者而言很容易習得。根據我的教學經驗，對中文母語者來說，唯一一個比較難習得的音標只有顫音 /r/。

中義子音系統對照表

部位 → 方式 ↓		雙唇音		舌尖音	舌葉音	捲舌音	舌面音	
		雙唇	唇齒	齒齦	齒齦	前硬顎	後硬顎	軟顎
塞音	清音	p		t				k
	送氣	pʰ ㄆ		tʰ ㄊ				kʰ ㄎ
	濁音	b		d				g
	不送氣	p ㄅ		t ㄉ				k ㄍ
擦音	清音		f ㄈ	s	ʃ	ʂ ㄕ	ɕ ㄒ	x ㄏ
	濁音		v	z	ʒ			
塞擦音	清音			ts			tʃ	
	送氣			tsʰ ㄙ		tʂʰ ㄔ	tɕʰ ㄑ	
	濁音			dz			dʒ	
	不送氣			ts ㄗ		tʂ ㄓ	tɕ ㄐ	
鼻音		m ㄇ		n ㄋ			ɲ	
邊音				l ㄌ			ʎ	
顫音				r				
通音						ʐ ㄖ	j	w

- ▨ 義大利語
- ☐ 中文
- ☐ 兩者皆有

3. 義大利語發音十大規則

　　義大利語發音非常簡單，規則不多，在此進一步地簡化好讓學習者輕易地學習。憑著多年的教學經驗，發現學習者最要注意的是子音 c 和 g、子音群 gl 和 sc。

（1）母音 e 與 o

　　義大利語母音 e 可以唸 /ɛ/ 或 /e/，母音 o 可以唸 /o/ 或 /ɔ/，不過大部分的義大利人也分不清何時要唸哪一個，因此不用花太多精神辨別這兩個音標。例如：pesca 這個詞若唸 /pɛska/ 時，意思是「釣魚」；若唸 /peska/，意思是「桃子」。

（2）二合母音

　　「二合母音」指的是兩個連在一起的母音，而構成二合母音的兩個母音中，通常一個是 i 或 u，最常見的二合母音有：ia、ie、io、ua、ue、uo、ai、ei、oi、au、eu。若要把二合母音唸得正確，只要記得一個簡單的規則，即重音不落在 i 和 u 上，而是落在隨著它們的母音，例如：euro（歐元）要唸 /'euro/，即重音在 e 的上面而非 u 的上面；amicizia（友誼）要唸 /amitʃitsi'a/，即重音在 a 的上面。

（3）子音 s 與 z

　　子音是發音時氣流通路有所阻礙的音。義大利語的子音 s 可以唸 /s/ 或 /z/，子音 z 可以唸 /ts/ 或 /dz/，不過大部分的義大利人也分不清何時要唸哪一個，因此不用花太多精神辨別這兩個音標。例如：zaino（背包）要唸 /dzaino/，zucca（南瓜）則要唸 /tsuka/。

（4）子音 c

c ＋ a、o、u 唸 /ka/、/ko/、/ku/，例如：caro（貴的）/karo/；c ＋ e、i 唸 /tʃe/、/tʃi/，例如：Cina（中國）/tʃina/；若 ce 和 ci 中間加個 h，即 che 和 chi，就要唸 /ke/ 和 /ki/，例如：chilo（公斤）/kilo/。

（5）子音 g

g ＋ a、o、u 唸 /ga/、/go/、/gu/，例如：gonna（裙子）/gonna/；g ＋ e、i 唸 /dʒe/、/dʒi/，例如：gelato（冰淇淋）/dʒelato/；若 ge 和 gi 中間加個 h，即 ghe 和 ghi，就要唸 /ge/ 和 /gi/，例如：ghiaccio（冰塊）/giatʃio/。

（6）雙子音

有時同樣的子音一起出現，我們把它們叫做雙子音。發雙子音的時間比單子音要長一點，例如單子音 casa（家）/casa/，雙子音 cassa（箱子）/casa/。

（7）子音群

最常見的子音群有：bl、br、cl、cr、dr、fl、fr、gl、gr、pl、tr、sp、st、sm、sb、sv、sc、sbl、sbr、scl、sdr、sfr、sgr、spl、spr、str。這些子音群中，我發現學生最容易混淆的是 gl 和 sc，因而以下特別加以說明。

・子音群 gl

gl ＋ a、o、e、u 時，唸 /gl/，但是 gl ＋ i 平常唸 /ʎ/，例如：figlio（兒子）/fiʎo/，不過有時也唸 /gl/，例如：glicine（紫藤）要唸 /glitʃine/。

・子音群 sc

sc ＋ a、o、u 時，唸 /ska/、/sko/、/sku/，例如：scuola（學校）要唸 /skuola/，但是 sc ＋ i、e 時，唸 /ʃi/、/ʃe/，例如：sciare（滑雪）則要唸 /ʃiare/。

（8）外來字母

義大利語的外來字母有五個：j（i lunga）、k（cappa）、w（doppia vu）、x（ics）、y（ipsilon），皆很少用，而且所有以這些字母開頭的詞都是外來詞，因而為了減少學習者的負擔，本書不額外加以解釋。

（9）重音

重音也是困擾學習者的難點，每次看到生詞時，尤其是比較長的詞，會猶豫重音要落在哪一個音節上。在此有個簡單的規則要告訴你，即大多數重音會落在倒數第二音節上，例如 làt-te（牛奶）、ci-nè-se（中國人）。而且，請注意：除了一些例外，如 città（城市），書寫時一般不標重音。

（10）音調

陳述句的音調往下降，例如：Ho fame!（我餓了！）

問句的音調往上升，例如：Hai fame?（你餓了嗎？）

4. 義大利語的基本概念

（1）名詞的性別與單複數
MP3-02

　　義大利語的名詞（sostantivi）有陽性、陰性之分和單數、複數之分，
而名詞的性別和數量通常根據名詞的結尾來判斷。以母音 -o 為結尾通常
是陽性單數，以母音 -i 為結尾通常是陽性複數；以母音 -a 為結尾通常是
陰性單數，以母音 -e 為結尾通常是陰性複數。

	單數	複數
陽性	-o	-i
	libro（書）	libri
陰性	-a	-e
	mela（蘋果）	mele

　　但也有例外，有些名詞以母音 -e 為結尾，這些名詞有些是陽性單數，
有些是陰性單數。但不管是陽性或陰性，他們的複數都是以母音 -i 為結尾。
為了協助讀者學習，本書的單字，皆有用 f 與 m 特別標示陰性與陽性。

	單數 -e	複數 -i
陽性	dottore（醫生）	dottori
	giornale（報紙）	giornali
陰性	chiave（鑰匙）	chiavi
	notte（夜）	notti

（2）冠詞的陰陽性與單複數 MP3-03

　　冠詞位於名詞的前面，義大利語的冠詞分為定冠詞（articoli determinativi）和不定冠詞（articoli indeterminativi）。

　　定冠詞用來修飾一個「確定的」、「與其他不同的」、或者「說話人和聽話人都熟悉的」人或事物。定冠詞根據所修飾的名詞的「性」、「數」以及「詞首字母」形式的不同，本身也有「性」、「數」及其相應的變化。

	單數	複數
陽性	il	i
	lo	gli
陰性	la	le

　　不定冠詞用來表示「泛指的」、或是「第一次提到」的事物。不定冠詞有「性」的變化，但沒有「數」的變化，所以不定冠詞只有單數形式。

	單數
陽性	un
	uno
陰性	una

＊請注意：陽性的定冠詞有 il / i 和 lo / gli，不定冠詞有 un 和 uno。若要修飾的名詞是以 y、z、ps 或 s ＋子音開頭時，必須要搭配定冠詞 lo / gli 和不定冠詞 uno，例如：

lo yogurt（優格）	gli yogurt	uno yogurt
lo zaino（背包）	gli zaini	uno zaino
lo psicologo（心理醫生）	gli psicologi	uno psicologo
lo spagnolo（西班牙人）	gli spagnoli	uno spagnolo

若要修飾的名詞是以母音開頭，定冠詞會變成 l'；若要修飾的是以母音開頭的陰性名詞，不定冠詞就變成 un'，例如：

l'arancia（柳橙）	un'arancia
l'ombrello（雨傘）	un ombrello

（3）形容詞的陰陽性與單複數 MP3-04

義大利語中的名詞具有「性」、「數」的分別，同時，修飾、限定它們的形容詞（aggettivi）也要跟著變化。

un vino italiano 一個義大利葡萄酒	due vini italiani 兩個義大利葡萄酒
una birra italiana 一個義大利啤酒	due birre italiane 兩個義大利啤酒

（4）義大利語的動詞變化 MP3-05

　　義大利語總共有七種語式（直陳式、條件式、命令式、虛擬式、不定式、分詞和副動詞）和八種時態，其中「直陳式」的時態最完整，一共有八種時態：現在時、未完成過去時、近過去時、簡單將來時、先將來時、遠過去時、近愈過去時和遠愈過去時。而義大利語的動詞會根據語式、時態和人稱（單數人稱為 io 我、tu 你、lui / lei 他 / 她，複數人稱為 noi 我們、voi 你們、loro 他們）而變化，以下列出義大利語最常用動詞的「直陳式的現在時態變化」。

義大利語動詞的「直陳式的現在時態變化」

	essere（是）	avere（有）	fare（做）	sapere（會）	volere（要）	potere（可以）
io	sono	ho	faccio	so	voglio	posso
tu	sei	hai	fai	sai	vuoi	puoi
lui / lei	è	ha	fa	sa	vuole	può
noi	siamo	abbiamo	facciamo	sappiamo	vogliamo	possiamo
voi	siete	avete	fate	sapete	volete	potete
loro	sono	hanno	fanno	sanno	vogliono	possono

　　根據動詞不定式（即原形）的結尾的不同，義大利語動詞分成三組：以 -are 為結尾（如 comprare 買）、以 -ere 為結尾（如 leggere 看書）、以 -ire 為結尾（如 dormire 睡覺）。以下是現在時態規則動詞的變化，不規則動詞的變化較複雜，且須死記硬背，因此先記熟規則動詞的變化即可。

	-are	-ere	-ire
io	compro	leggo	dormo
tu	compri	leggi	dormi
lui / lei	compra	legge	dorme
noi	compriamo	leggiamo	dormiamo
voi	comprate	leggete	dormite
loro	comprano	leggono	dormono

　　讀到這裡對義大利語應該已經有一定程度的了解，接下來需要做的是反覆練習，擴大詞匯量以及把詞彙套進語法結構裡。

PART 00
聽辨練習

MP3-06

Esercizio 1：請以 c、ch、g、gh 填空

（1）＿＿amera
（2）＿＿iotola
（3）＿＿itarra
（4）＿＿o＿＿omero
（5）pan＿＿ina

（6）s＿＿erzo
（7）pa＿＿etta
（8）hongkon＿＿ino
（9）＿＿ermania
（10）＿＿iocare

Esercizio 2：請圈出所聽到的音

（1）a. sonno　　b. sono
（2）a. camino　　b. cammino

（3）a. Pina　　b. pinna
（4）a. ala　　b. alla

Esercizio 3：請以 v 與 f 填空

（1）No＿＿ara
（2）＿＿errara
（3）＿＿erona
（4）Pa＿＿ia
（5）＿＿iterbo

（6）＿＿icenza
（7）Tre＿＿iso
（8）＿＿orlì
（9）Mol＿＿etta
（10）＿＿aenza

Esercizio 4：請以 p 與 b 填空

（1）＿＿alermo
（2）＿＿ologna
（3）＿＿asilicata
（4）＿＿erlino
（5）＿＿otenza

（6）＿＿istoia
（7）Ol＿＿ia
（8）Tra＿＿ani
（9）＿＿ari
（10）Lom＿＿ardia

Esercizio 5：請圈出所聽到的音

（1）a. pali　　b. pari
（2）a. colto　　b. corto
（3）a. Rino　　b. Lino
（4）a. pero　　b. pelo

（5）a. male　　b. mare
（6）a. caro　　b. calo
（7）a. rana　　b. lana
（8）a. vero　　b. velo

Esercizio 6：請以 l 與 r 填空

（1）ca＿＿o
（2）fa＿＿o
（3）pa＿＿o
（4）fa＿＿e
（5）be＿＿e

（6）me＿＿a
（7）sa＿＿e
（8）ce＿＿a
（9）so＿＿o
（10）to＿＿o

Esercizio 7：請挑選對的寫法

（1）a. ghiaccio　　b. giaccio

（2）a. filio　　　　b. figlio

（3）a. scegliere　　b. schegliere

（4）a. maglione　　b. magnone

（5）a. ciesa　　　　b. chiesa

（6）a. tragetto　　b. traghetto

（7）a. portafogno　b. portafoglio

（8）a. chielo　　　b. cielo

（9）a. bagno　　　b. baglio

（10）a. scivolare　b. sivolare

◆解答 P.140

NOTE

Puoi ripetere?

可以再說一次嗎？

PART01

用蜘蛛網式連結法，
輕鬆學好義大利語語音，
串聯單字與例句

在這個單元中，我們將依照「傳統義大利語二十一個字母」、「五個外來字母」的學習順序，讓你一次熟悉義大利語字母與發音。此外，還用蜘蛛網狀的延伸方式，讓你除了認識字母之外，同時學會六個單字，並能開口說出實用的六個例句，將發音、單字和例句一次搞定！

別忘了搭配 MP3 一起學習，讓你義大利語聽、說、讀、寫同步一把罩！

MP3-07

acqua
水

Io prendo un bicchiere d'acqua, grazie!
我要一杯水，謝謝！

音標

Aa

amico m
朋友

Lui è tuo amico?
他是你的朋友嗎？

albergo m
旅館

Questo albergo è in centro!
這家旅館在市中心！

aereo ⓜ
飛機

Ho paura di prendere l'aereo!
我怕坐飛機！

隸屬音
舌面中母音

aiutare
幫助

Mi puoi aiutare per favore?
可以請你幫助我嗎？

arancia ⓕ
柳橙

Per me un succo d'arancia!
我要一杯柳橙汁！

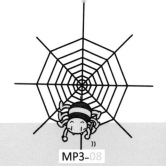

MP3-08

banca f
銀行

La banca è lontana da qui?
銀行離這裡很遠嗎？

音標
b

buono
好吃的

Questo gelato è molto buono!
這個冰淇淋太好吃了！

Bb

bicicletta f
腳踏車

Andiamo in bicicletta?
騎腳踏車去嗎？

隸屬音
雙唇濁塞音

birra **f**
啤酒

Preferisci la birra chiara o scura?
你比較喜歡淡啤酒還是黑啤酒？

biglietto **m**
票

Hai comprato il biglietto?
你買票了沒有？

bottiglia **f**
瓶

Vorrei comprare una bottiglia di limoncello.
我想買一瓶檸檬酒。

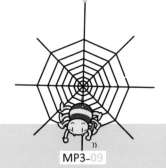

MP3-09

corto
短的

Questo pantalone è troppo corto!
這條褲子太短了！

音標
k

caldo
熱的

Oggi fa caldo!
今天很熱！

Cc

camicia
襯衫

Vorrei comprare questa camicia rossa!
我想買這件紅色襯衫！

caro
貴的

È troppo caro!
太貴了！

隸屬音
軟顎清塞音

colazione **f**
早餐

Cosa mangiamo oggi per colazione?
今天早餐我們吃什麼？

chiesa **f**
教堂

Vai spesso in chiesa?
你常去教堂嗎？

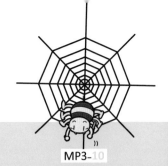

MP3-10

cinese
中國人

Non sono giapponese, sono cinese!
我不是日本人，我是中國人！

音標

tʃ

Cc

cioccolata 🅕
巧克力

Per me una cioccolata calda!
我要一杯熱巧克力！

cena 🅕
晚餐

Tu di solito a che ora fai cena?
你平常幾點吃晚餐？

centro
市中心

Andiamo a fare un giro in centro!
我們去市中心逛一逛吧！

cielo m
天空

Che bello il cielo pieno di stelle!
充滿星星的天空好漂亮！

隸屬音
後硬顎清塞擦音

cercare
找

Mi aiuti a cercare un parcheggio?
可以幫我找停車位嗎？

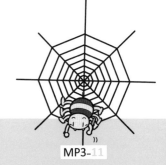

MP3-11

domanda **f**
問題

Posso fare una domanda?
可以問一個問題嗎？

音標
d

destra **f**
右

Prima gira a destra e poi a sinistra.
先右轉，再左轉。

Dd

difficile
難的

Questo esame è troppo difficile!
這個考試太難了！

discoteca f
迪斯可

Ti piace andare in discoteca?
你喜歡去迪斯可嗎？

隸屬音
齒齦濁塞音

domani
明天

Domani che fai?
明天你要做什麼？

dottore m
醫生

Vorrei andare dal dottore.
我想去看醫生。

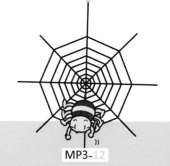

MP3-12

entrata f
入口

Dov'è l'entrata?
入口在哪裡？

音標
e

errore m
錯誤

Qui c'è un errore!
這裡有個錯誤！

Ee

elegante
優雅的

Questo è un abito molto elegante!
這件西裝非常優雅！

esperto **m**

專家

Lui è un esperto in arte moderna.

他是現代藝術的專家。

隸屬音

舌面前母音

emigrare

移民

Per lavorare molti sono costretti ad emigrare.

為了工作很多人只好移民。

esame **m**

考試

È andato bene l'esame?

考試都順利嗎？

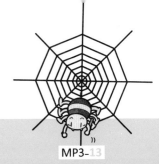

MP3-13

finestra f
窗戶

Puoi aprire per favore la finestra? Grazie!
可以請你把窗戶打開嗎？謝謝！

音標
f

fumare
抽菸

Vietato fumare!
禁止抽菸！

Ff

farmacia f
藥局

Scusi, sa dirmi per favore dov'è la farmacia?
可以請您告訴我藥局在哪裡嗎？

famoso 有名的	Questo dipinto è molto famoso! 這幅畫非常有名！

隸屬音
唇齒清擦音

freddo 冷的	Che freddo che fa! 天氣好冷！

febbre **f** 發燒	Ho la febbre! 我發燒了！

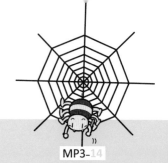

MP3-14

traghetto

輪船

Da dove parte il
traghetto per Messina?

到美西納的輪船從哪裡出發？

音標
g

Gg

ghiaccio m

冰塊

Vorrei una
Coca Cola con
ghiaccio.

我要一杯可樂加冰
塊。

gonna f

裙子

Quanto costa quella
gonna verde?

那條綠色的裙子多少錢？

gratis
免費的

Prendi pure! È gratis!
拿去吧！是免費的！

隸屬音
軟顎濁塞音

grande
大的

Il tuo monolocale è
abbastanza grande!
你的套房挺大的！

guidare
開車

Sai guidare?
你會開車嗎？

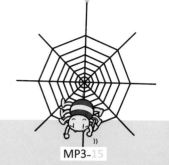

MP3-15

giovane
年輕的

Quando ero giovane lavoravo sodo!
我年輕時很勤勞地工作！

音標
dʒ

giornale ⓜ
日報

Mi piace leggere il giornale ogni mattina.
每天早上我喜歡看日報。

Gg

gelato ⓜ
冰淇淋

Per me un gelato al cioccolato!
我要一個巧克力冰淇淋！

giardino ⓜ
花園

Che bel giardino!
好漂亮的花園！

隸屬音
後硬顎濁塞擦音

gioiello ⓜ
珠寶

Questo gioiello è di giada.
這個珠寶是玉做的。

generoso
慷慨的

Mio padre è un uomo molto generoso.
我的爸爸是個非常慷慨的人。

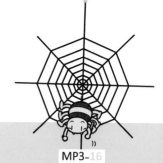

MP3-16

insegnante
老師

Io faccio l'insegnante.
我是老師。

音標
ɲ

GN
gn

ogni
每

Ogni giorno mi
alzo alle sette.
我每天七點起床。

cognome
姓

Qual è il tuo cognome?
你姓什麼？

spagnolo
西班牙人

Lui è spagnolo di Madrid.
他是從馬德里來的西班牙人。

隸屬音
後硬顎鼻音

disegnare
畫圖

Sai disegnare?
你會畫圖嗎？

bagno Ⓜ
洗手間

Scusi, dov'è il bagno?
請問，洗手間在哪裡？

MP3-17

aglio
蒜頭

Soffriggere l'aglio per due minuti.
把蒜頭低溫炒兩分鐘。

音標
ㄥ

GL
gl

figlio
兒子

Lui è mio figlio.
他是我的兒子。

tovagliolo
擦嘴巾

Scusi, questo tovagliolo è sporco!
不好意思，這個擦嘴巾很髒！

maglione ⓜ

毛衣

Vorrei vedere il maglione rosso in vetrina.

我想看櫥窗裡的紅色毛衣。

bagaglio ⓜ

行李箱

Aiuto! Non trovo il mio bagaglio!

救命！我找不到我的行李箱！

隸屬音

後硬顎邊音

portafoglio ⓜ

錢包

Vorrei comprare un portafoglio nuovo.

想要新的錢包。

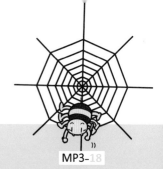

MP3-18

hotel
飯店

Questo hotel ha il
Wi-Fi?
這家飯店有無線網路嗎？

音標
無

humor m
幽默

Mi piace il tuo
senso dello
humor.
我喜歡你的幽默感。

Hh

hamburger m
漢堡

Gli italiani raramente
mangiano l'hamburger.
義大利人不常吃漢堡。

hawaiano
夏威夷

L'ukulele è uno strumento musicale hawaiano?
烏克麗麗是夏威夷的樂器嗎？

隷屬音
啞音

hindi
印地語

L'hindi è la lingua ufficiale dell'India.
印地語是印度的官方語言。

hobby
喜好

Qual è il tuo hobby?
你有什麼喜好？

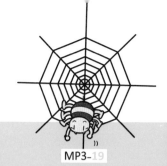

MP3-19

isola
島

La Sicilia è un'isola che si trova nel Sud d'Italia.
西西里是位於南義的一座島。

音標

i

li

iniziare
開始

Quando possiamo iniziare a mangiare?
我們什麼時候可以開始吃飯？

indossare
穿

Non so proprio cosa indossare stasera!
我真不曉得今晚要穿什麼！

impegnato
忙的

Scusami, ma adesso sono molto impegnato!
抱歉，但是現在我非常忙！

insalata **f**
沙拉

Per me solo un' insalata, grazie!
我只想點一個沙拉，謝謝！

隸屬音
舌面前母音

importare
進口

Vorrei importare del vino italiano.
我想進口義大利葡萄酒。

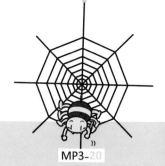

MP3-20

lavoro ⓜ
工作

Che lavoro fai?
你做什麼工作？

音標
l

Ll

letto ⓜ
床

Lo zaino è sul letto.
背包在床上。

libro ⓜ
書

Quanto costa questo libro?
這本書多少錢？

lontano
遠的

Il supermercato è lontano da casa.
超級市場離家很遠。

隸屬音
齒齦邊音

latte
牛奶

Quanto latte vuoi nel caffè?
你要在咖啡裡加多少牛奶？

lampada **f**
檯燈

La lampada è rotta!
檯燈故障了！

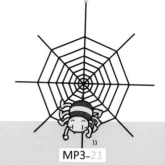

MP3-21

mamma
媽媽

Mamma, ti voglio bene!
媽媽，我愛妳！

音標
m

Mm

macchina
汽車

Andiamo in macchina o in treno?
我們開車還是坐火車？

mare **m**
海邊

Al mare in estate fa caldo!
夏天的時候在海邊很熱！

moto (f)
摩托車

Vorrei noleggiare una moto. Quanto costa al giorno?
我想租一台摩托車。一天的租車費多少錢?

隸屬音

雙唇鼻音

museo (m)
博物館

Il museo chiude alle 5 : 30.
博物館五點三十分休息。

musica (f)
音樂

Ti piace la musica leggera italiana?
你喜歡義大利流行歌嗎?

MP3-22

negozio
店

Vuoi andare ad un
negozio di abbigliamento
o di calzature?
你想去服裝店還是鞋店呢？

音標
n

nervoso
緊張的

Sono sempre
nervoso prima
di prendere
l'aereo.
坐飛機前我總是很緊
張。

Nn

notte f
夜

Di notte è meglio non
uscire di casa.
夜裡最好不要出門。

nonno **m**
爺爺

Mio nonno ha 82 anni.
我的爺爺八十二歲。

隸屬音
齒齦鼻音

nuotare
游泳

Sai nuotare?
你會游泳嗎?

notizia **f**
消息

Questa è proprio una brutta notizia!
這真是一個壞消息!

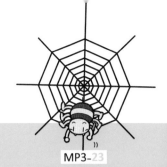

MP3-23

音標

O

Oo

occhiali

眼鏡

Destesto portare gli occhiali!

我好討厭戴眼鏡！

ospedale ⓜ

醫院

Dov'è l'ospedale più vicino?

離這裡最近的醫院在哪裡？

ordinare

點餐

Vorrei ordinare una pizza margherita!

我想點一個瑪格麗特披薩！

olio **m**

油

Quanto costa questa bottiglia d'olio d'oliva?

這瓶橄欖油多少錢？

隸屬音

圓唇後母音

oggi

今天

Che giorno è oggi?

今天星期幾？

ombrello **m**

雨傘

Ricordati di prendere l'ombrello!

要記得帶雨傘！

MP3-24

piazza f
廣場

Piazza San Marco è la piazza più famosa di Venezia.
聖馬可廣場是威尼斯最有名的廣場。

音標
p

Pp

prenotare
訂

Vorrei prenotare una camera singola.
我想訂一間單人房。

pesante
重的

La tua valigia è troppo pesante!
你的行李箱太重了！

profumo **m**

香水

Che profumo mi consigli?

你推薦哪一個香水？

隸屬音

雙唇清塞音

pagare

付錢

Posso pagare con la carta di credito?

可以用信用卡付錢嗎？

passaporto **m**

護照

Aiuto! Ho perso il passaporto!

救命！我把護照弄丟了！

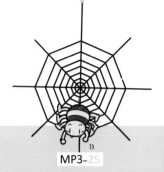

MP3-25

quanto
多少

Quanto costa quel quadro?
那幅畫多少錢？

音標
q

quando
什麼時候

Quando parte il prossimo treno per Roma?
下一班到羅馬的火車什麼時候出發？

Qq

quale
哪個

Quale gusto vuoi?
你要哪個口味？

qui
這裡

Ti aspetto qui!
我在這裡等你！

隸屬音
軟顎清塞音

qualità f
品質

I prodotti italiani sono tutti d'alta qualità.
義大利的產品都是高品質的。

quaderno m
本子

Non trovo più il mio quaderno.
我找不到我的本子。

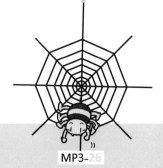

MP3-26

rispondere

回答

Non sapevo proprio cosa rispondere!

我真不曉得該回答什麼！

音標

r

ragionevole

合理的

Questo prezzo non è ragionevole!

這個價錢不合理！

Rr

riposare

休息

Ho bisogno di riposare un pò!

我需要休息一下！

rimanere

留下

Abbiamo intenzione di rimanere.

我們打算留下來。

隸屬音

齒齦濁顫音

rompere

打破

Attento a non rompere i bicchieri!

小心，別把杯子打破！

romanzo m

小說

È un romanzo commovente!

是一部很感人的小說！

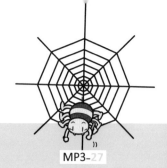

MP3-27

subito
馬上

Torno subito!
馬上回來！

音標
S

sale **m**
鹽巴

Per favore passami il sale!
請你給我鹽巴！

Ss

sapore **m**
味道

Che sapore ha?
有什麼味道？

sedia **f**

椅子

Posso prendere questa sedia?

可以拿這把椅子嗎？

隸屬音

舌尖齒齦清擦音

settimana **f**

星期

Cosa hai intenzione di fare la prossima settimana?

下星期你打算做什麼？

salato

鹹的

Questo piatto è troppo salato!

這一道菜太鹹！

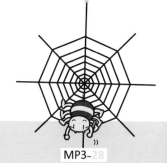

MP3-28

sveglia **f** 　　Hai messo la sveglia?

鬧鐘 　　　　　鬧鐘設定了沒？

音標
Z

Ss

sdolcinato 　　Che film
　　　　　　　sdolcinato!

肉麻的 　　　　好肉麻的電影！

sbagliare 　　Non è permesso sbagliare!

犯錯 　　　　　不准犯錯！

sdraio **f**
躺椅

Questa sdraio è molto comoda!
這把躺椅真舒服！

隸屬音
齒齦濁擦音

snello
苗條的

Sei molto snello!
你好苗條！

sbadigliare
打呵欠

Sbadigliare in fronte agli altri è maleducazione!
在人家面前打呵欠很沒禮貌！

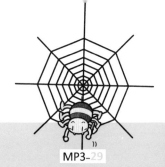

MP3-29

scienza
科學

Non ho fiducia nella scienza.
我對科學沒信心。

音標
ʃ

SC
SC

sciare
滑雪

Sciare è pericoloso!
滑雪很危險！

scienziato ⓜ
科學家

Io sono uno scienziato.
我是個科學家。

sciogliere

熔化

Sciogliere il burro nella padella.

在平底鍋裡把奶油熔化。

隸屬音

舌葉齒齦清擦音

scegliere

選擇

Non so proprio cosa scegliere!

真不曉得該選擇什麼！

scivolare

滑倒

Attento a non scivolare!

小心不要滑倒！

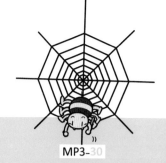

MP3-30

telefonare
打電話

Posso usare il tuo
cellulare per telefonare?
可以用你的手機打電話嗎?

音標
t

Tt

tempo m
天氣

Che tempo fa?
天氣怎麼樣?

traduzione m
翻譯

Questa traduzione è
incomprensibile!
這個翻譯很難懂!

truccarsi
化妝

Mia moglie detesta truccarsi!
我的太太討厭化妝！

隸屬音
齒齦清塞音

traffico
塞車

A quest'ora c'è sempre traffico!
這時候總是會塞車！

teatro
劇場

Andiamo al teatro stasera!
今晚我們去劇場吧！

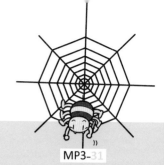
uscita **f**
出口

Scusi, dov'è l'uscita?
請問，出口在哪裡？

音標
u

università **f**
大學

In quale università studi?
你在什麼大學唸書？

Uu

uva **f**
葡萄

Un chilo di uva costa 5 euro.
葡萄一公斤賣 5 歐元。

urlare
喊叫

Potete smetterla di urlare?
你們可以停止喊叫嗎？

隸屬音
舌尖後高母音

ufficio
辦公室

È questo l'ufficio del Signor Rossi?
這是 Rossi 先生的辦公室嗎？

umido
潮濕的

In estate il clima nell'Italia meridionale è molto umido.
夏天的時候南義的氣候非常潮濕。

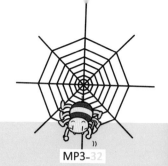

MP3-32

verdura
青菜

Ai bambini non piace mangiare la verdura.
小朋友不喜歡吃青菜。

音標
V

Vv

valigia 🅕
行李箱

Qual è la tua valigia?
你的行李箱是哪一個？

visitare
參觀

Quando andremo a visitare il castello?
什麼時候要去參觀城堡呢？

隸屬音
唇齒濁擦音

viaggio **m**
旅行

Dove hai intenzione di fare il prossimo viaggio?
下次旅行打算去哪裡？

vestito **m**
衣服

Vorrei provare il vestito in vetrina.
我想試穿櫥窗裡的衣服。

venire
來

A casa nostra puoi venire quando vuoi!
你隨時可以來我們家！

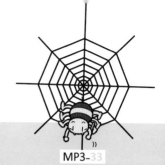

MP3-33

zucchero

糖

Con o senza zucchero?

有糖還是無糖的呢？

音標
ts

Zz

zucchina **f**

櫛瓜

Questa
zucchina è
marcia!

這條櫛瓜爛掉了！

zio **m**

叔叔

Mio zio si chiama
Francesco.

我的叔叔叫做 Francesco。

zucca **f**

南瓜

Per pranzo vorrei un risotto alla zucca.
中餐我想吃南瓜燉飯。

隸屬音
齒齦清塞擦音

zitto

閉嘴

Adesso stai zitto!
現在要閉嘴！

zolfo

硫磺

Non sopporto la puzza di zolfo!
我受不了硫磺的臭味！

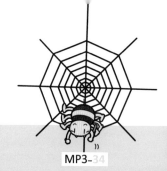

MP3-34

zero

零

Le possibilità di successo sono zero!
成功的機率是零！

音標
dz

zafferano

薑

Lo zafferano è una spezia.
薑是個香料。

zanzara f

蚊子

In questa camera c'è una zanzara!
在這個房間裡有一隻蚊子！

zebra **f**

斑馬

Il leone e la zebra sono animali della savana.

獅子和斑馬都是熱帶草原的動物。

隸屬音

齒齦濁塞擦音

zaino **m**

背包

La cartina è nello zaino.

地圖在背包裡。

zoo **m**

動物園

Quanto costa il biglietto dello zoo?

動物園的門票要多少錢？

用蜘蛛網式連結法，輕鬆學好義大利語語音，串聯單字與例句

J j

發音
dʒ

jazz
爵士樂

K k

發音
k

karaoke
卡拉 OK

W w

發音
w

WC
洗手間

X x

發音
ks

xenofobo
仇外

Y y

發音
j

yogurt
優格

Ti piace la musica jazz?

你喜歡爵士樂嗎？

Anche agli italiani piace il karaoke.

義大利人也喜歡卡拉 OK。

Scusi, dov'è il WC?

請問，洗手間在哪裡？

Hitler era uno xenofobo.

希特勒是個仇外。

Io prendo uno yogurt alla fragola.

我想吃草莓優格。

MP3-36

Esercizio 1：填寫練習

（1）早餐 c_l_____e

（2）醫生 d__tt___e

（3）水 a_____a

（4）問題 d_____a

（5）旅館 al_____o

（6）明天 d__m___i

（7）中國人 c_____e

（8）票 b__g_____o

Esercizio 2：請把所聽到的詞圈起來

cena   amico   chiesa   esame

aiutare   difficile   buono   aereo

cioccolata   entrata   discoteca   camicia

Esercizio 1：填寫練習

（1）洗手間 b_____o

（2）大的 g_____e

（3）行李箱 b_____gl__o

（4）藥局 f___m_____a

（5）冷的 f___dd__

（6）沙拉 in_____t__

（7）冰塊 gh_____o

（8）裙子 g_____a

Esercizio 2：請把所聽到的詞圈起來

impegnato　　isola　　　　gratis　　　　portafoglio

　　　　maglione　　　tovagliolo　　spagnolo　　finestra

cognome　　　gioiello　　　febbre　　　　giornale

三、M~N~O~P~Q

Esercizio 1：填寫練習

（1）工作 l_____ro

（2）商店 n_____zio

（3）雨傘 o_____ll_

（4）遠的 l_____no

（5）廣場 p___zz__

（6）媽媽 m_____a

（7）付錢 p_____e

（8）汽車 m__cc_____a

Esercizio 2：請把所聽到的詞圈起來

moto   quanto   latte   prenotare

museo   quando   nuotare   ordinare

letto   mare   notte   oggi

四、R－S－T－U－V－Z

Esercizio 1：填寫練習

（1）馬上　s＿＿＿＿t＿

（2）劇院　t＿＿tr＿

（3）大學　u＿＿＿＿＿＿＿＿＿à

（4）滑雪　sc＿＿＿＿＿

（5）糖　z＿cc＿＿＿＿＿

（6）星期　s＿tt＿＿＿＿＿＿

（7）旅遊　v＿＿gg＿＿＿

（8）鹹的　s＿＿＿＿＿o

Esercizio 2：請把所聽到的詞圈起來

rispondere   uscita   sveglia   zaino

traffico   sedia   zero   scienza

sale   vestito   visitare   ufficio

五、總複習

請做出正確的搭配

（1）gonna   （A）床

（2）finestra   （B）飛機

（3）ombrello   （C）啤酒

（4）birra   （D）海邊

（5）cioccolata   （E）毛衣

（6）sale   （F）裙子

（7）aereo   （G）雨傘

（8）maglione   （H）鹽巴

（9）letto   （I）窗戶

（10）mare   （J）巧克力

解答 P143

Lo so!

我知道！

PART02

用蜘蛛網式擴大法，實用會話現學現説

接下來，本單元將利用在 PART01 所學到的一七三個單字及一七三個例句，擴大學習生活中經常會用到的各類型會話，包含「打招呼」、「自我介紹」、「採購」、「問路」、「在火車站」、「訂房」、「反應問題」、「在咖啡廳點餐」、「在餐廳訂位」、「在餐廳點菜」、「在藥局」、「在貨幣兌換處」、「在郵局」、「租車」、「與人邀約」等十五種情境，不僅可以學到最常用的會話，還可以用「套進去説説看」的延伸補充單字套用在會話中，舉一反三，輕鬆開口説出最好用及最正確的義大利語。

1. SALUTI　打招呼　MP3-37

A : Ciao Paolo, come stai?①②

Paolo，你好，你好嗎？

B : **Benissimo, grazie, e tu?**③

非常好，謝謝，你呢？

A : Bene, grazie!

很好，謝謝！

套進去説説看 ①

Salve	Buongiorno	Buonasera
你好	早安	晚安

套進去説説看 ②

Come va?	Tutto a posto?	Tutto bene?
怎麼樣？	一切都好嗎？	一切都好嗎？

套進去説説看 ③

Molto bene	Bene	Così così	Non c'è male
非常好	很好	還好	不錯

2. PRESENTARSI 自我介紹 MP3-38

A : Ciao! Mi chiamo Paolo, sono di Roma.

妳好！我叫 Paolo，來自羅馬。

B : Ciao Paolo! Io mi chiamo Maiko e sono giapponese. [1]
Piacere!

Paolo，你好！我叫 Maiko，我是日本人。很高興認識你！

A : Piacere tutto mio! Sei una studentessa?

我才高興！妳是學生嗎？

B : Si! Studio all'Università. E tu?

對！我在大學唸書。你呢？

A : Io lavoro.

我在工作。

B : Che lavoro fai?

你做什麼工作呢？

A : Faccio il cuoco. [2]

我是廚師。

套進去說説看 ①

coreano	chinese	taiwanese
韓國人	中國人	台灣人
americano	messicano	canadese
美國人	墨西哥人	加拿大人
svizzero	greco	russo
瑞士人	希臘人	俄羅斯人
spagnolo	inglese	tedesco
西班牙人	英國人	德國人
italiano	francese	olandese
義大利人	法國人	荷蘭人

套進去說説看 ②

architetto (m) architetta (f)	cameriere (m) cameriera (f)	pizzaiolo (m) pizzaiola (f)
建築師	服務生	披薩師傅
commesso (m) commessa (f)	impiegato (m) impiegata (f)	operaio (m) operaia (f)
店員	員工	工人
insegnante	dottore (m) dottoressa (f)	ingegnere (m) ingegnera (f)
老師	醫生	工程師
avvocato (m) avvocata (f)	infermiere (m) infermiera (f)	autista
律師	護士	司機
dentista	veterinario (m) veterinaria (f)	guida turistica
牙醫	獸醫	導遊

3. FARE ACQUISTI 採購

（1）Fare la spesa 買菜   MP3-39

A : Buongiorno! Vorrei comprare un chilo di mele, quanto costano?

早安！想要買一公斤蘋果，多少錢？

B : Due euro al chilo!

一公斤 2 歐元！

A : Va bene! E vorrei anche un chilo di banane.

好的！我也要一公斤香蕉。

B : Altro?

還有嗎？

A : No grazie, basta così! Quant'è in tutto?

不用，這樣夠了，謝謝！總共多少？

B : In totale sono 4 euro e 50 centesimi!

總共 4.5 歐元！

套進去説説看 ①

pera **f** 梨子	pesca **f** 桃子	arancia **f** 柳橙
pompelmo **m** 柚子	albicocca **f** 杏子	nespola **f** 枇杷
fragola **f** 草莓	ciliegia **f** 櫻桃	ananas **f** 鳳梨
anguria **f** 西瓜	melone **m** 哈密瓜	

套進去説説看 ②

un chilo 一公斤	mezzo chilo 半公斤	un etto 一百公克	un grammo 一公克

numeri 數字	uno 1	due 2
tre 3	quattro 4	cinque 5
sei 6	sette 7	otto 8
nove 9	dieci 10	undici 11
dodici 12	tredici 13	quattordici 14
quindici 15	sedici 16	diciassette 17
diciotto 18	diciannove 19	venti 20

ventuno	ventidue	ventitre
21	22	23
ventiquattro	venticinque	ventisei
24	25	26
ventisette	ventotto	ventinove
27	28	29
trenta	quaranta	cinquanta
30	40	50
sessanta	settanta	ottanta
60	70	80
novanta		
90		

（2）Comprare vestiti　買衣服

 MP3-40

A : Scusi, posso provare il maglione in vetrina? [1]

請問，可以試穿櫥窗裡的毛衣嗎？

B : Che taglia porta?

請問您穿什麼尺寸？

A : Porto la esse. Che colori ci sono? [2]

我穿 S。有什麼顏色呢？

B : Blu, verde, marrone, bianco e nero.

藍色、綠色、咖啡色、白色和黑色。

A : Posso provare il nero? [3]

可以試穿黑色嗎？

B : Certo! Prego...

當然可以！請……

A : È troppo stretto! [4]

太緊了！

B : Vuole provare la EMME?

您想試穿 M 嗎？

A : D'accordo!

好啊！

B：Come va?

怎麼樣？

A：Va bene, mi piace! Quanto costa?

很好，我喜歡！多少錢？

B：40 euro.

40 歐元。

A：È un pò caro...mi fa uno sconto?

有一點貴……可以打折嗎？

B：Mi dispiace, ma non posso!

抱歉，沒辦法！

A：Posso pagare con carta? ⑤

可以刷卡嗎？

B：Certo!

當然可以！

套進去説説看 ①

il giubbino **m**	i pantaloni **m**	la gonna **f**
外套	褲子	裙子
la maglietta f	la camicia **f**	i pantaloncini **m**
T 恤	襯衫	短褲
il cappotto **m**	il pigiama **m**	
大衣	睡衣	

套進去説説看 ②

EMME	ELLE	ICS-ELLE
M	L	XL

套進去説説看 ③

arancione	rosa	giallo
橘色	粉紅色	黃色
rosso	celeste	grigio
紅色	天藍色	灰色
viola	beige	
紫色	米色	

套進去説説看 ④

largo	grande	piccolo
寬的	大的	小的
lungo	corto	aderente
長的	短的	貼身的

套進去説説看 ⑤

pagare a rate	pagare in contanti	pagare con assegno
分期付款	以現金支付	以支票支付

4. CHIEDERE INDICAZIONI　問路 MP3-41

A : Scusi, sa dirmi dov'è il supermercato? ①

請問，可以告訴我超級市場在哪裡嗎？

B : Non è lontano! Prendi la prima a destra, poi sempre ②

dritto fino alla piazza. Il supermercato è accanto ③④

alla posta.

不遠！第一條右轉，然後直走到廣場。超級市場就在郵局的旁邊。

A : Grazie mille!

非常感謝您！

B : Si figuri! ⑤

不客氣！

套進去説説看 ①

teatro **m**	posta **f**	ospedale **m**
劇院	郵局	醫院
farmacia **f**	banca **f**	stazione **f**
藥局	銀行	火車站
biblioteca **f**	scuola **f**	chiesa **f**
圖書館	學校	教堂

parco ⓜ 公園	centro commerciale ⓜ 百貨公司	parcheggio ⓜ 停車場
libreria ⓕ 書局	panificio ⓜ 麵包店	cartoleria ⓕ 文具店
caffetteria ⓕ 咖啡廳	ristorante ⓜ 餐廳	bar ⓜ 咖啡廳

套進去說說看 ②

prendi la prima a sinistra 第一條左轉	prendi la seconda a destra 第二條右轉	gira a destra 右轉
gira a sinistra 左轉	sempre dritto 一直走	

套進去說說看 ③

fino alla rotonda 到圓圈	fino all'incrocio 到交叉口	fino in fondo 到底

套進去說說看 ④

di fianco 旁邊	di fronte 對面	davanti 前面	vicino 附近

套進去說說看 ⑤

Figurati! 不客氣！	Prego! 不客氣！	Non c'è di che! 不客氣！	Di niente! 不客氣！

5. IN STAZIONE 在火車站 MP3-42

A : Buongiorno! Vorrei comprare un biglietto per Torino.

早安！想要買到杜林的車票。

B : Quando vuole partire?

您想何時出發呢？

A : Oggi!

今天！

B : C'è un **Frecciabianca** alle 5:40, va bene? [1]

五點四十分有一班 Frecciabianca，好嗎？

A : Sì, grazie!

好啊，謝謝！

B : Andata e ritorno?

來回嗎？

A : No, solo andata.

沒有，單程。

B : Preferisce posto corridoio o finestrino?

你想坐靠走廊還是靠窗戶？

A : Finestrino, grazie! Quant'è?

窗戶，謝謝！多少錢？

B : 50 euro e 80 centesimi.

50.8 歐元。

A : Posso pagare con carta?

可以刷卡嗎？

B : Certo!

當然可以！

A : Sa dirmi da quale binario parte?

可以請您告訴我從幾號月台出發嗎？

B : Binario numero 6.

第六號月台。

A : Grazie mille!

非常感謝您！

B : Arrivederci! Buon viaggio!

再見！祝您旅途愉快！

套進去説説看 ①

Frecciarossa
義大利的高鐵

Frecciabianca
義大利次快的火車

Intercity
沿著很多大城市的火車

Regionale
地方火車

套進去説説看 ②

Grazie!
謝謝！

La ringrazio!
謝謝您！

6. PRENOTARE UNA CAMERA 訂房 MP3-43

A : Hotel Baglioni, buongiorno!①

Baglioni酒店，早安！

B : **Buongiorno! Vorrei prenotare una camera**

matrimoniale.②

早安！我想訂一間大床房。

A : Per quando?

什麼時候？

B : **Dal 17 al 22 giugno.**③

6 月 17 到 22 號。

A : Un attimo prego! A che nome scusi?

請稍等！請問貴姓？

B : **Bianchi. Quanto costa?**

Bianchi。多少錢？

A : 90 euro compresa la colazione.④

90 歐元含早餐。

B : **C'è il Wi-Fi incluso in camera?**

含房間裡的無線網路嗎？

A : Sì!

　對！

B : Ottimo! La prendo!

　太好了！我要訂！

套進去説説看 ①

albergo
酒店

agriturismo ⓜ
農莊

B&B ⓜ
民宿

ostello ⓜ
青年旅館

套進去説説看 ②

camera doppia **f**
雙人房

camera singola **f**
單人房

套進去説説看 ③

gennaio	febbraio	marzo
1月	2月	3月
aprile	maggio	giugno
4月	5月	6月
luglio	agosto	settembre
7月	8月	9月
ottobre	novembre	dicembre
10月	11月	12月

套進去説説看 ④

pranzo ⓜ
午餐

cena **f**
晚餐

7. C'È UN PROBLEMA IN CAMERA!
反應問題！

MP3-44

A : Buonasera! Sono il cliente della camera 503. C'è un problema!

晚安！我是 503 號房的客人。有個問題！

B : Buonasera signore! Mi dica!
①

先生晚安！請説！

A : La camera è rumorosa e il condizionatore
②

non funziona! È possibile cambiare camera?
③

房間太吵了，而且冷氣壞掉了！可以換房間嗎？

B : Certo! E ci scusiamo per il disagio!

當然可以！抱歉造成您不便！

套進去説説看 ①

signora
女士

signorina
小姐

套進去説説看 ②

fredda
冷的

calda
熱的

buia
暗的

sporca
髒的

in disordine
亂

套進去説説看 ③

il riscaldamento non funziona
暖氣壞掉了

il televisore non funziona
電視機壞掉了

la doccia non funziona
蓮蓬頭壞掉了

il rubinetto non funziona
水龍頭壞掉了

il Wi-Fi non funziona
無線網路壞掉了

8. ORDINARE AL BAR　在咖啡廳點餐 MP3-45

A : Io vorrei un cappuccino e un cornetto!

我想點一杯卡布奇諾和一個牛角麵包！

B : E lei signora?

太太呢？

A : Io prendo un espresso e un tramezzino.

我要一杯濃縮咖啡和一個三明治。

B : E per la bambina?

小女孩呢？

A : Una spremuta di arancia, grazie!

一杯現榨果汁，謝謝！

套進去説説看 ①

caffè americano ⓜ	tè ⓜ	espresso ⓜ
美式咖啡	茶	濃縮咖啡

spremuta ⓕ	succo di frutta ⓜ	
現榨果汁	果汁	

套進去説説看 ②

tramezzino ⓜ	toast ⓜ	panino ⓜ	focaccia ⓕ
三明治	土司	帕尼諾	佛卡夏

9. PRENOTARE UN TAVOLO AL RISTORANTE 在餐廳訂位

MP3-46

A : Ristorante "Luna Rossa", buongiorno!

「Luna Rossa」餐廳，早安！

B : Buongiorno! Mi chiamo Zecchino e vorrei prenotare un tavolo per due.

早安！我姓 Zecchino，想要訂兩位。

A : Per quando?

什麼時候？

B : Domani sera verso le otto. ①

明天晚上八點左右。

A : Va bene! C'è ancora posto! ② Può lasciarmi il Suo numero di telefono, per favore?

好的！還有位子！可以請您留給我您的電話號碼嗎？

B : Certo! 3476457332.

當然可以！ 3476457332。

A : Signor Zecchino, grazie per averci scelto, a domani! ③

Zecchino 先生，謝謝您選擇我們，明天見！

套進去說說看 ①

oggi
今天

dopodomani
後天

套進去說說看 ②

Mi dispiace, ma siamo già al completo!
抱歉，已經客滿了！

Abbiamo posto dopo le otto e mezza.
八點半後有位子。

套進去說說看 ③

A stasera!
晚上見！

A più tardi!
待會兒見！

A dopo!
待會兒見！

10. ORDINARE AL RISTORANTE
在餐廳點菜

（1）Sono vegetariana 我吃素的 MP3-47

A : Scusi, mi porta il menù per favore?　①
請問，可以把菜單給我嗎？

B : Subito!
馬上！

A : Cosa suggerisce?
您推薦什麼？

B : Le tagliatelle al ragù.　②
肉醬鳥巢麵。

A : Ma io sono vegetariana...
可是我吃素的……

B : Capisco...preferisce un'insalata caprese?
了解……卡布里沙拉呢？

A : Va bene!
好啊！

B : Da bere?
喝的部分呢？

A : Un bicchiere di vino bianco, grazie!

一杯白葡萄酒，謝謝！

套進去説説看 (1)

la carta dei vini **f**	il conto **m**	una forchetta **f**
酒單	帳單	一支叉子
un coltello **m**	il menù in inglese **m**	
一把刀子	英文菜單	

套進去説説看 (2)

una lasagna alla bolognese	i rigatoni all' amatriciana	gli spaghetti alla carbonara
蕃茄肉醬千層麵	培根紅醬水管麵	雞蛋培根義大利麵條
un risotto ai funghi porcini	una pizza ai quattro formaggi	una pizza margherita
牛肝菌燉飯	四種起司披薩	瑪格麗特披薩

套進去説説看 (3)

acqua frizzante **f**	vino rosso **m**	birra **f**
氣泡水	紅葡萄酒	啤酒
aranciata **f**	prosecco **m**	
柳橙汽水	氣泡酒	

（2）Vorrei una bistecca ben cotta　我要個全熟的牛排 MP3-48

A：Cameriere, vorrei ordinare!

服務生，我想點菜！

B：**Prego, mi dica...**

請說……

A：Per **primo** vorrei un risotto ai frutti di mare.

第一道菜想要海鮮燉飯。

B：**E per secondo?**

主菜呢？

A：Come secondo prendo una bistecca di manzo **ben**

 cotta, con un contorno di patate al forno.

主菜想吃全熟的牛排搭配烤馬鈴薯。

B：**Da bere?**

喝的部分呢？

A：Una bottiglia di vino rosso.

一瓶紅酒。

B：**Desidera altro?**

還有嗎？

A : No, basta così, grazie!

不用，這樣夠了，謝謝！

套進去説説看 ①

antipasto ⓜ
前菜

secondo ⓜ
主菜

contorno ⓜ
配菜

套進去説説看 ②

al sangue
三分熟

media
五分熟

11. IN FARMACIA　在藥局 MP3-49

A : Buongiorno dottore! Non mi sento bene!

醫生早安！我不舒服！

B : **Prego, mi dica...**

請説……

A : Ho mal di gola e il naso chiuso.

我喉嚨痛和鼻塞。

B : **Capisco! Sicuramente ha preso l'influenza. Prenda queste pillole tre volte al giorno dopo i pasti per tre giorni.**

了解！一定是被傳染流行性感冒。請您飯後吃這些藥丸，一天三次，吃三天。

A : Quant'è?

多少錢？

B : **12 euro.**

12 歐元。

A : Ecco a Lei, grazie!

給您，謝謝！

套進去說說看 1

testa	schiena	pancia
頭痛	背痛	肚子痛

套進去說說看 2

il raffreddore	la tosse	la febbre
感冒	咳嗽	發燒

套進去說說看 3

sciroppo m	antidolorifico m
藥水	止痛藥

套進去說說看 4

prima dei pasti	la mattina	la sera
飯前	早上	晚上
il pomeriggio	prima di andare a letto	
下午	睡前	

12. ALL'UFFICIO DI CAMBIO
在貨幣兌換處

MP3-50

A : Salve! Vorrei cambiare ciecmila dollari taiwanesi in euro.

您好！想要把 10000 台幣換成歐元。

B : Oggi il cambio è di 1 a 33, sono 303 euro e 3 centesimi, va bene?

今天的匯率是 1 比 33，等於 303.03 歐元，好嗎？

A : Benissimo, grazie!

非常好，謝謝！

B : Mi dia un documento per favore.

請給我您的證件。

A : Ecco a Lei.

給您。

B : Compili questo modulo per favore e firmi qui.

請您填寫這個資料及在這裡簽名。

A : Fatto!

好了！

B : Ecco a Lei i suoi euro e arrivederci!

給您歐元，再見！

套進去說說看 ①

cento	duecento	trecento
100	200	300
quattrocento	cinquecento	seicento
400	500	600
settecento	ottocento	novecento
700	800	900
mille	duemila	tremila
1000	2000	3000
quattromila	cinquemila	seimila
4000	5000	6000
settemila	ottomila	novemila
7000	8000	9000
centomila	un milione	un miliardo
100000	1000000	1000000000

套進去說說看 ②

per piacere	per cortesia
請	請

套進去說說看 ③

qua	lì	là
這裡	那裡	那裡

13. IN POSTA　在郵局 MP3-51

A : Buongiorno! Vorrei spedire un pacco. ①

早安！想要寄包裹。

B : **Dove?**

寄到哪裡？

A : A Taiwan.

台灣。

B : **Via aerea o via nave?**

空運還是海運？

A : Via aerea quanto costa?

空運要多少錢？

B : **13 euro e 25 centesimi.**

13.25 歐元。

A : Allora via aerea! Mi dà anche un ? ②

那麼空運！可以請您也給我一張郵票嗎？

B : **Per dove?**

到哪裡？

A : Sempre per Taiwan!

還是台灣！

B : Ecco a Lei! In tutto sono 14 euro.

給您！總共 14 歐元。

套進說說看 ①

lettera **f**

平信

cartolina **f**

明信片

raccomandata **f**

掛號信

套進去說說看 ②

busta da lettera **f**

信封

scatola **f**

紙箱

14. NOLEGGIARE UN AUTO　租車 MP3-52

A : Salve! Vorrei noleggiare un auto.

您好！想要租車。

B : Prego, scelga pure quella che preferisce.

歡迎您挑選您喜歡的。

A : Mi piace questa! Quanto costa?

我喜歡這一台！多少錢？

B : 60 euro al giorno.

一天 60 歐元。

A : Ho intenzione di noleggiarla per due settimane. C'è uno sconto?

我打算租兩週。有折扣嗎？

B : No! Mi dispiace!

沒有！不好意思！

A : Il prezzo include l'assicurazione?

價錢包含保險嗎？

B : Sì certo! Ma non include il pieno di benzina.

當然！但是不含汽油。

A : Nell'auto c'è l'impianto stereo e il navigatore?

車子有音響和導航嗎？

B : C'è l'impianto stereo. Il navigatore è a parte.

有音響。導航要另外算。

A : Capisco! Ce n'è una più ⬚⬚⬚⬚⬚? ④

了解！有沒有更便宜的一台？

B : No, mi dispiace, questa è la più economica.

沒有，抱歉，這一台是最便宜的。

A : Va bene! Prendo questa!

好吧！我租這一台！

B : Mi dà la patente e un documento per favore?

請給我駕照和證件，好嗎？

A : Ecco a Lei!

給您！

B : Compili il modulo e firmi qui, per cortesia.

請您填寫這個資料及在這裡簽名。

A : Posso pagare con carta?

可以刷卡嗎？

B : Certo!

當然可以！

套進説説看 ①

macchina f
汽車

bicicletta f
腳踏車

moto f
摩托車

scooter m
機車

套進説説看 ②

questo m
questa f
questi m，複數
queste f，複數
這個 / 這些

quello m
quella f
quelli m，複數
quelle f，複數
那個 / 那些

套進説説看 ③

all'ora
一個小時

alla settimana
一週

al mese
一個月

套進説説看 ④

nuova
新的

bella
好看的

veloce
快的

15. PRENDERE APPUNTAMENTI
與人邀約

MP3-53

A：Cosa fai domani?

明天你要做什麼？

B：Domani vado al mare con mio fratello.

明天我與我的哥哥要去海邊。

A：E martedì cosa fai? Andiamo a fare un picnic?

星期二你要做什麼？想不想去野餐呢？

B：Mi dispiace, ma martedì sono impegnato!

抱歉，但是星期二我很忙！

A：Che ne dici di mercoledì?

星期三呢？

B：Va bene! Mercoledì sono libero.

好啊！星期三我有空。

套進說說看 ①

karaoke	lago	fiume
卡拉 OK	湖邊	河邊
teatro	cinema	concerto
劇院	電影院	音樂會

套進説説看 ②

mio **m**
mia **f**
我的

tuo **m**
tua **f**
你的

suo **m**
sua **f**
他的 / 她的

nostro **m**
nostra **f**
我們的

vostro **m**
vostra **f**
你們的

loro
他們的

套進説説看 ③

figlio **m**
figlia **f**
兒子 / 女兒

sorella **f**
姊姊、妹妹

padre **m**
父親

madre **f**
母親

marito **m**
老公

moglie **f**
老婆

nonno **m**
nonna **f**
爺爺 / 奶奶、外公 / 外婆

cugino **m**
cugina **f**
堂（表）兄弟 / 堂（表）姊妹

zio **m**
zia **f**
叔叔、舅舅 / 姑姑、阿姨

nipote
孫子 / 孫女

套進説説看 ④

lunedì
星期一

martedì
星期二

mercoledì
星期三

giovedì
星期四

venerdì
星期五

sabato
星期六

domenica
星期日

套進說說看 ⑤

giocare a calcio 踢足球	giocare a tennis 打網球	giocare a pallacanestro 打籃球
giocare a pallavolo 打排球	sciare 滑雪	giocare a carte 打撲克牌
cantare 唱歌	fare shopping 逛街	nuotare 游泳
fare una gita 一日遊	ballare 跳舞	

PART 02
聽力練習

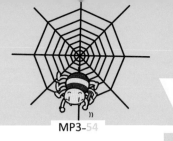

MP3-54

Dialogo 1：請聽對話後回答問題

（1）Di dov'è Fernando?

    a. Francia

    b. Spagna

    c. Messico

（2）Che lavoro fa Fernando?

    a. Ingegnere

    b. Architetto

    c. Insegnante

（3）Che lavoro fa Silvia?

    a. Ingegnere

    b. Architetto

    c. Insegnante

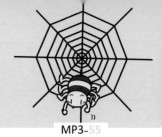

MP3-55

Dialogo 2：請聽對話後回答問題

（1）Cosa compra la signora?

    a. Arancie, pere e ciliegie

    b. Arancie, pere, fragole e ciliegie

    c. Arancie, pere e fragole

（2）Quante fragole compra la signora?

    a. 100 grammi

    b. 500 grammi

    c. 1 chilo

（3）Quanto costano le ciliegie?

    a. Un euro al chilo

    b. Due euro al chilo

    c. Tre euro al chilo

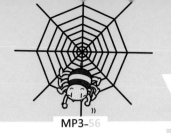

Dialogo 3：請聽對話後回答問題

（1）Il signore compra...

    a. un biglietto andata e ritorno per Firenze

    b. un biglietto solo andata per Firenze

    c. un biglietto Frecciabianca per Firenze

（2）Quando vuole partire il signore?

    a. 17 maggio

    b. 17 aprile

    c. 17 agosto

（3）A che ora parte il treno?

    a. Alle 12:20

    b. Alle 10:20

    c. Alle 16:20

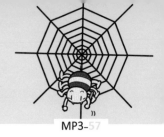

MP3-57

Dialogo 4：請聽對話後回答問題

（1）A cosa vogliono giocare?

    a. a pallavolo

    b. a pallacanestro

    c. a calcio

（2）Dove?

    a. a scuola

    b. al mare

    c. al parco

（3）A che ora?

    a. alle 4

    b. alle 3

    c. alle 10

▶解答 P.147

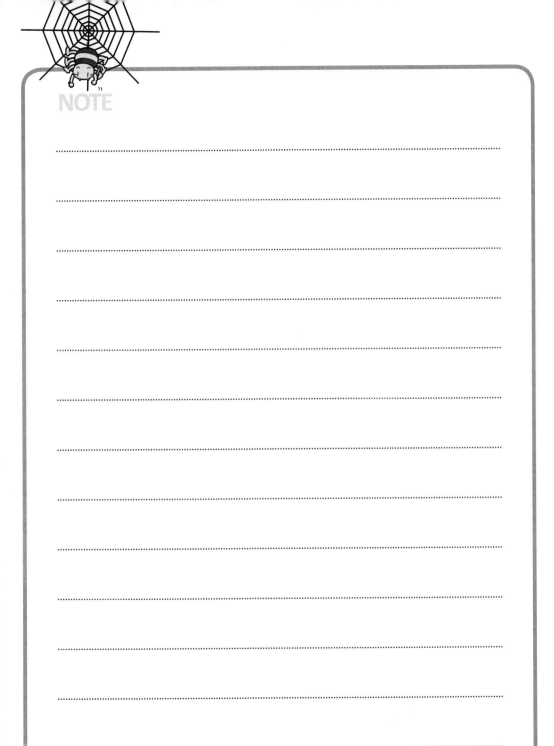

NOTE

Davvero?

真的嗎？

▼

練習題解答

從吐絲開始,到結網、捕食,用「蜘蛛網式學習法」一步一步認識義大利
語、發音、單字到日常會話,然後全部串聯起來。而每一單元的練習題正
是讓你將所有學習到的內容,像是捕捉到的獵物一般,黏在自己所結的蜘
蛛網上,快速記憶,絕對無法遺忘,你會發現,原來一次搞定義大利語發
音、單字、會話可以這麼簡單!

Esercizio 1：請以 c、ch、g、gh 填空

（1） c amera

（2） c iotola

（3） ch itarra

（4） c o c omero

（5） pan ch ina

（6） s ch erzo

（7） pa gh etta

（8） hongkon gh ino

（9） G ermania

（10） g iocare

Esercizio 2：請圈出所聽到的音

（1） a. sonno　　　b. sono

（2） a. camino　　　b. cammino

（3） a. Pina　　　b. pinna

（4） a. ala　　　b. alla

Esercizio 3：請以 v 與 f 填空

（1） No v ara

（2） F errara

（3） V erona

（4） Pa v ia

（5） V iterbo

（6） V icenza

（7） Tre v iso

（8） F orlì

（9） Mol f etta

（10） F aenza

Esercizio 4：請以 p 與 b 填空

（1）_P_ alermo

（2）_B_ ologna

（3）_B_ asilicata

（4）_B_ erlino

（5）_P_ otenza

（6）_P_ istoia

（7）Ol_ b_ ia

（8）Tra_ p_ ani

（9）_B_ ari

（10）Lom_ b_ ardia

Esercizio 5：請圈出所聽到的音

（1）a. pali　　b. pari

（2）a. colto　　b. corto

（3）a. Rino　　b. Lino

（4）a. pero　　b. pelo

（5）a. male　　b. mare

（6）a. caro　　b. calo

（7）a. rana　　b. lana

（8）a. vero　　b. velo

Esercizio 6：請以 l 與 r 填空

（1）ca_ r_ o

（2）fa_ r_ o

（3）pa_ l_ o

（4）fa_ r_ e

（5）be_ r_ e

（6）me_ l_ a

（7）sa_ l_ e

（8）ce_ r_ a

（9）so_ l_ o

（10）to_ r_ o

Esercizio 7：請挑選對的寫法

（1）a. ghiaccio   b. giaccio

（2）a. filio   b. figlio

（3）a. scegliere   b. schegliere

（4）a. maglione   b. magnone

（5）a. ciesa   b. chiesa

（6）a. tragetto   b. traghetto

（7）a. portafogno   b. portafoglio

（8）a. chielo   b. cielo

（9）a. bagno   b. baglio

（10）a. scivolare   b. sivolare

PART01　綜合練習

一、A~B~C~D~E

Esercizio 1：填寫練習

（1）早餐　colazione

（2）醫生　dottore

（3）水　acqua

（4）問題　domanda

（5）旅館　albergo

（6）明天　domani

（7）中國人　cinese

（8）票　biglietto

Esercizio 2：請把所聽到的詞圈起來

cioccolata	aereo	difficile
cena	esame	buono

二、F~G~H~I~L

Esercizio 1：填寫練習

（1）洗手間　bagno

（2）大的　grande

（3）行李箱 bagaglio

（4）藥局 farmacia

（5）冷的 freddo

（6）沙拉 insalata

（7）冰塊 ghiaccio

（8）裙子 gonna

Esercizio 2：請把所聽到的詞圈起來

cognome   maglione   giornale

finestra   gratis   febbre

三、M~N~O~P~Q

Esercizio 1：填寫練習

（1）工作 lavoro

（2）商店 negozio

（3）雨傘 ombrello

（4）遠的 lontano

（5）廣場 piazza

（6）媽媽 mamma

（7）付錢 pagare

（8）汽車 macchina

Esercizio 2：請把所聽到的詞圈起來

mare	museo	moto
latte	letto	prenotare

四、R~S~T~U~V~Z

Esercizio 1：填寫練習

（1）馬上　subito

（2）劇院　teatro

（3）大學　università

（4）滑雪　sciare

（5）糖　zucchero

（6）星期　settimana

（7）旅遊　viaggio

（8）鹹的　salato

Esercizio 2：請把所聽到的詞圈起來

zero	uscita	vestito
ufficio	zaino	sedia

五、總複習

Esercizio 4：請做出正確的搭配

（1）gonna －（F）裙子

（2）finestra －（I）窗戶

（3）ombrello －（G）雨傘

（4）birra －（C）啤酒

（5）cioccolata －（J）巧克力

（6）sale －（H）鹽巴

（7）aereo －（B）飛機

（8）maglione －（E）毛衣

（9）letto －（A）床

（10）mare －（D）海邊

PART02　聽力練習

Dialogo 1：請聽對話後回答問題

對話腳本

A：Ciao! Mi chiamo Silvia, e tu?

　　你好！我叫 Silvia，你呢？

B：Io sono Fernando. Piacere!

　　我是 Fernando。很高興認識你！

A：Piacere! Di dove sei?

　　很高興認識你！你從哪裡來？

B：Sono spagnolo.

　　我是西班牙人。

A：Sei qui per studio o per lavoro?

　　來這邊唸書還是工作？

B：Sono qui per lavoro.

　　我來這裡工作。

A：Che lavoro fai?

　　你做什麼工作？

B：Sono un ingegnere.

　　我是工程師。

A：Davvero? Anche io!

　　真的嗎？我也是！

解答

（1）Di dov'è Fernando?

　　b. Spagna

（2）Che lavoro fa Fernando?

　　a. Ingegnere

（3）Che lavoro fa Silvia?

　　a. Ingegnere

Dialogo 2：請聽對話後回答問題

對話腳本

A：Buongiorno! Vorrei comprare un chilo di pere e due chili di arancie.

　　早安！我想買一公斤的梨子和兩公斤的柳橙。

B：Altro?

　　還有嗎？

A：Sì, vorrei anche mezzo chilo di fragole.

　　也要半公斤的草莓。

B：Va bene! Vuole anche delle ciliegie? Costano solo 2 euro al chilo.

　　好的！想不想買櫻桃呢？賣一公斤 2 歐元而已。

A：No grazie, basta così! Quant'è?

　　不用，這樣就夠了！多少錢？

B：In totale sono 5 euro e 40 centesimi.

　　總共 5.4 歐元。

解答

（1）Cosa compra la signora?

　　　c. Arancie, pere e fragole

（2）Quante fragole compra la signora?

　　　b. 500 grammi

（3）Quanto costano le ciliegie?

　　　b. Due euro al chilo

Dialogo 3：請聽對話後回答問題

對話腳本

A：Buongiorno! Un biglietto solo andata per Firenze.

　　早安！我要一張到佛羅倫斯的單程票。

B：Per quando?

　　什麼時候？

A：Per il 17 aprile.

　　4 月 17 號。

B：Preferisce un Frecciabianca o un Frecciarossa?

Frecciabianca 還是 Frecciarossa ？

A：Frecciarossa per favore.

Frecciarossa。

B：Il Frecciarossa parte alle 4:20 di pomeriggio. Va bene?

Frecciarossa 下午四點二十分出發。好嗎？

A：Sì, grazie!

好啊，謝謝！

解答

（1）Il signore compra...

b. un biglietto solo andata per Firenze

（2）Quando vuole partire il signore?

b. 17 aprile

（3）A che ora parte il treno?

c. Alle 16:20

Dialogo 4：請聽對話後回答問題

對話腳本

A：Andiamo al mare domani?

明天去海邊吧？

B：No, mi dispiace, sono impegnato!

不行，對不起，我沒空！

A：Va bene, non fa niente!

好吧，沒關係！

B：Se vuoi domenica puoi venire a giocare a pallavolo con me e mia cugina.

你想的話，星期日可以跟我和我堂妹打排球。

A：Davvero? Va benissimo! A che ora?

真的嗎？好啊！幾點？

B：Alle 4 al parco vicino casa mia.

四點在我家附近的公園。

解答

（1）A cosa vogliono giocare?

　　　a. a pallavolo

（2）Dove?

　　　c. al parco

（3）A che ora?

　　　a. alle 4

國家圖書館出版品預行編目資料

蜘蛛網式學習法：12 小時義大利語發音、單字、會話，
一次搞定！/ Giancarlo Zecchino（江書宏）著
-- 初版 -- 臺北市：瑞蘭國際 ,2015.12
160 面；17 x 23 公分 --（繽紛外語系列；51）
ISBN：978-986-5639-51-8（平裝附光碟片）
1. 義大利語 2. 讀本
804.68   104026150

繽紛外語系列 51

蜘蛛網式學習法：
12小時義大利語
發音、單字、會話，一次搞定！

作者｜ Giancarlo Zecchino（江書宏）

責任編輯｜葉仲芸、王愿琦

校對｜ Giancarlo Zecchino（江書宏）、葉仲芸、王愿琦

義大利語錄音｜ Giancarlo Zecchino（江書宏）、Silvia Bertone（唐香蕾）

錄音室｜采漾錄音製作有限公司

封面、內文設計｜劉麗雪

內文設計、排版｜陳如琪

董事長｜張暖彗 · 社長兼總編輯｜王愿琦 · 主編｜葉仲芸

編輯｜潘治婷 · 編輯｜紀珊 · 編輯｜林家如 · 設計部主任｜余佳憓

業務部副理｜楊米琪 · 業務部專員｜林湲洵 · 業務部專員｜張毓庭

出版社｜瑞蘭國際有限公司 · 地址｜台北市大安區安和路一段 104 號 7 樓之 1

電話｜(02)2700-4625 · 傳真｜(02)2700-4622 · 訂購專線｜(02)2700-4625

劃撥帳號｜ 19914152 瑞蘭國際有限公司

瑞蘭網路書城｜ www.genki-japan.com.tw

總經銷｜聯合發行股份有限公司 · 電話｜(02)2917-8022、2917-8042

傳真｜(02)2915-6275、2915-7212 · 印刷｜宗祐印刷有限公司

出版日期｜ 2015 年 12 月初版 1 刷 · 定價｜ 320 元 · ISBN｜ 978-986-5639-51-8

瑞蘭國際